波波鼠美食團
春日暖暖棉花糖

圖文作者：文采賓
翻　　譯：何莉莉
責任編輯：林沛暘
美術設計：鄭雅玲
出　　版：新雅文化事業有限公司
香港英皇道499號北角工業大廈18樓
電話：(852) 2138 7998
傳真：(852) 2597 4003
網址：http://www.sunya.com.hk
電郵：marketing@sunya.com.hk
發　　行：香港聯合書刊物流有限公司
香港荃灣德士古道220-248號荃灣工業中心16樓
電話：(852) 2150 2100
傳真：(852) 2407 3062
電郵：info@suplogistics.com.hk
印　　刷：中華商務彩色印刷有限公司
香港新界大埔汀麗路36號
版　　次：二〇二一年二月初版
二〇二二年十月第二次印刷

ISBN: 978-962-08-7685-1
Original title: 알라차 생쥐 형제1: 구름주스

18/F, North Point Industrial Building, 499 King's Road, Hong Kong
Published in Hong Kong SAR, China
Printed in China

文采賓

貓是她創作的靈感來源。她每天都在自己經營的「無辜工作室」裏，過着充滿了貓毛和畫作的生活。《波波鼠美食團》是她第一套撰寫及繪畫的創意圖畫書，她希望藉此帶給讀者甜膩的美味感覺。大家不妨在書頁中找出她的身影吧！

波波鼠美食團

春日暖暖棉花糖

圖・文：文寀賓

某一個和煦的春日，到處都吹着暖暖的春風。
在森林深處的歡樂小鎮裏，住着七隻波波鼠。
他們就是愛玩又愛吃的波波鼠美食團！

新雅文化事業有限公司
www.sunya.com.hk

從清晨開始，小鎮就熙熙攘攘的，非常熱鬧。
原來今天是歡樂小鎮舉行慶典的日子！
波波鼠美食團也早早起牀，出發到公園去。
因為他們要在那裏賣棉花糖！
呵欠！今天起得太早了。
再走幾步就到啦！
軟軟綿綿棉花糖
給我看一下嘛！
先讓我看完吧。

歡樂慶典
哎喲！
為什麼我們
要賣棉花糖？
因為美味呀！

波波鼠美食團到達公園了，歡樂小鎮的居民和住在附近的動物都聚集在這裏。真熱鬧啊！咦，一眾波波鼠在哪裏呢？
好冷！
水球射擊
報名
嘻嘻，對不起啦！
Q版
漫畫
10分鐘完成
$100
請把我畫得帥氣點。
當然，吃多少都可以。
可以試食嗎？
$50
賣氣球！
四！
三！
二！
一！
特價水果
甜果醬
嚇死我了！
喂，小心點！

原來他們拋下團長多多一個……
一眨眼就四散了！
小書迷雷雷、貪吃鬼米米、藝術家花花、懶睡豬蘇蘇、淘氣鬼啦啦，還有膽小鬼滋滋全都只顧着玩耍。

淘氣鬼啦啦帶領其他波波鼠一起扔水球，
把懶睡豬蘇蘇扔得濕淋淋呢！

開心時刻當然要畫下來，留為紀念啦！
團長多多站在正中間，擺出最帥氣的姿勢。

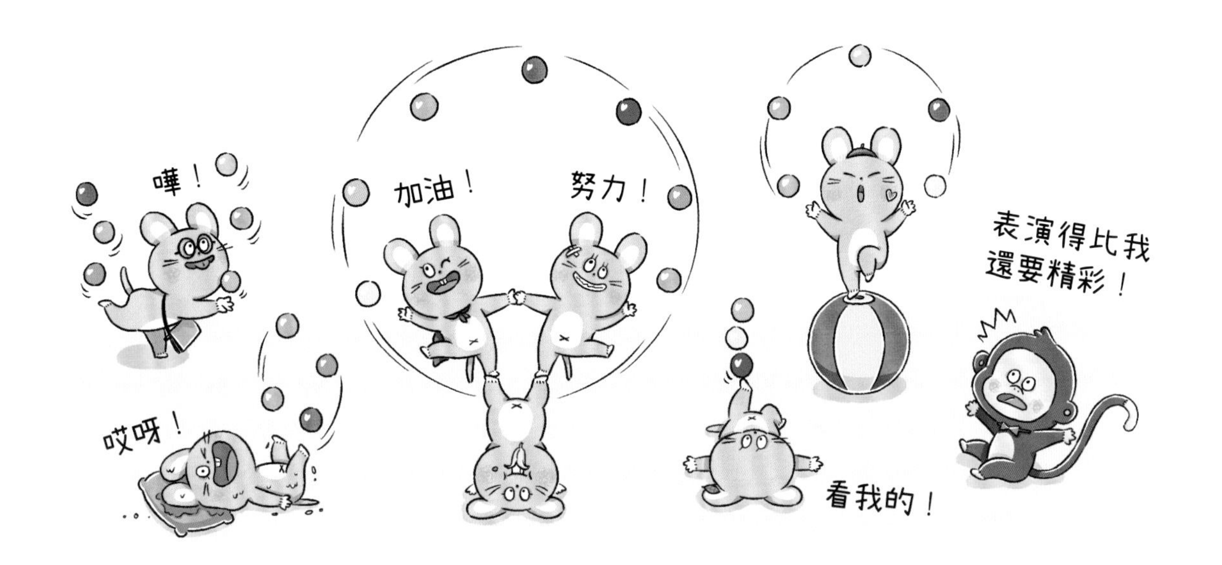

波波鼠美食團登上舞台，敏捷地表演高難度雜技。
連膽小鬼滋滋也鼓起勇氣，用腳頂起了好幾個球。

慶典又怎能沒有氣球呢？
每隻波波鼠都拿着一個不同顏色的氣球。

遊玩的時間過得特別快，
不知不覺已過了大半天。
但是，波波鼠們好像忘記了
一件很**重要的事**。
那是什麼事呢？
誰來幫幫我？
滋滋！
我玩得太盡興，
好睏啊。
你怎能睡覺？我們
還要做棉花糖。
對啊，
棉花糖！

波波鼠美食團最後在美食市集裏停下來，

看來他們終於要開始製作棉花糖啦！

小書迷雷雷拿起說明書，仔細地閱讀。
原來製作棉花糖，首先要有砂糖。

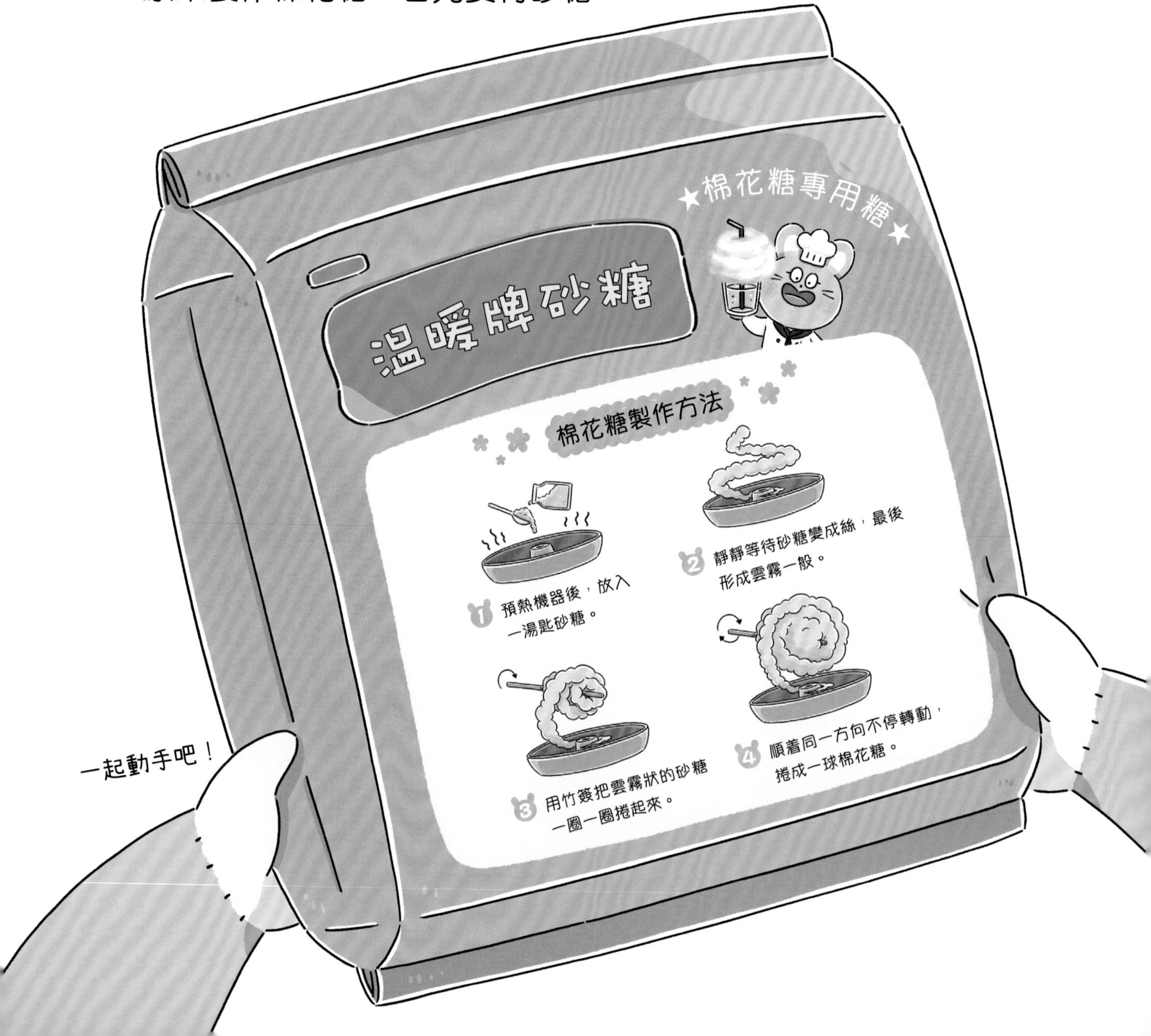

軟軟綿綿、香甜美味的棉花糖……

完成了！

你們看！

波波鼠美食團齊齊高聲叫賣：
「快來買棉花糖啦！」

「我要一球棉花糖！」

客人蜂擁而至，個個都熱切期待着波波鼠美食團製作的棉花糖。

他們製作完一球又一球，忙個不停。

雖然一眾波波鼠不停製作棉花糖，
但排隊購買的隊伍還是越來越長，
似乎要等很久。
這時，團長多多想到了一個好辦法。

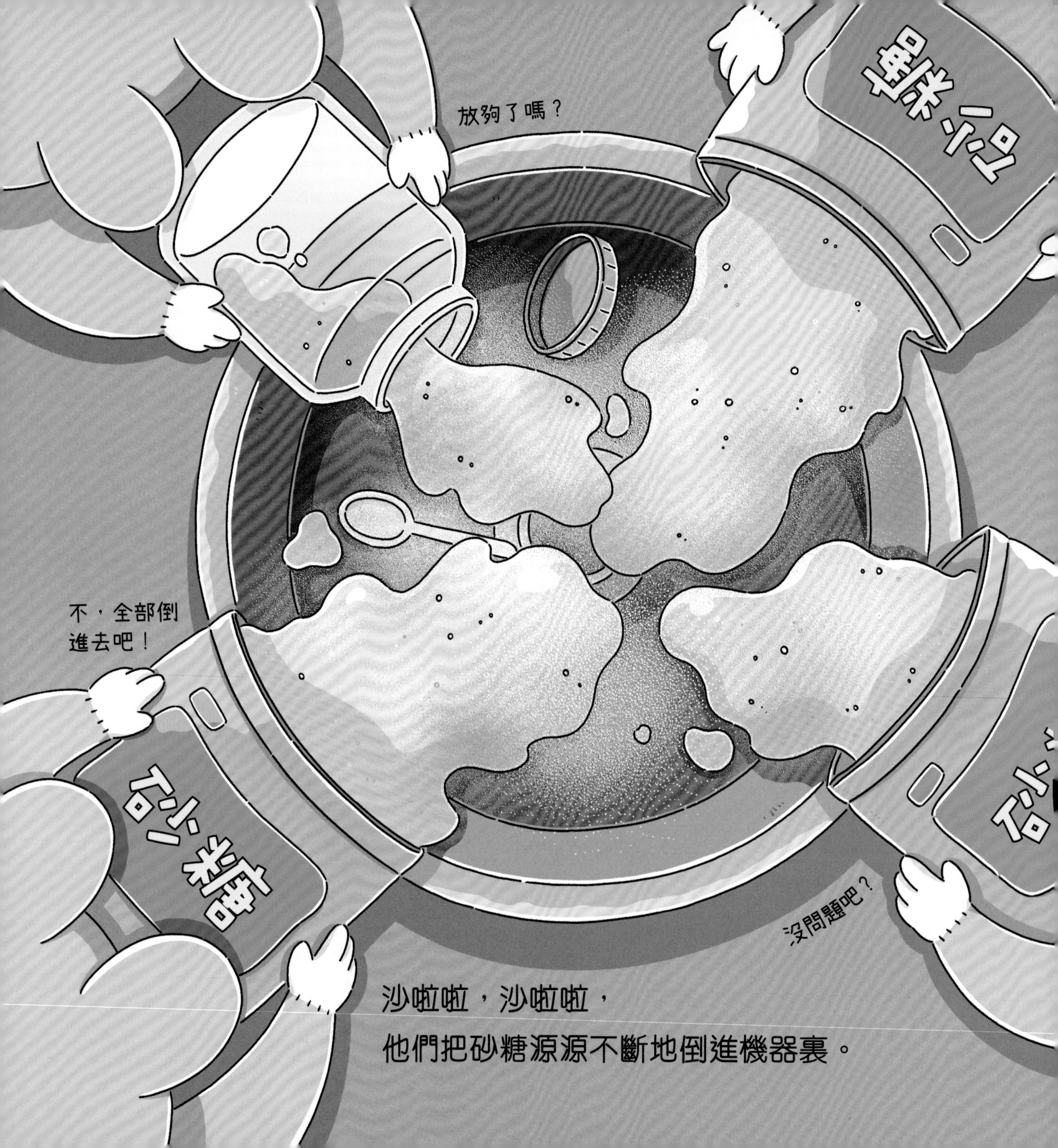

沙啦啦，沙啦啦，

他們把砂糖源源不斷地倒進機器裏。

咦，這是什麼聲音？
棉花糖機器看來有點不妥啊！
飛起來了！
咕咕嘰
咕咕嘰
怎麼了？
軟軟綿綿棉花糖
咦？怎會這樣？
嘩！

棉花糖越變越大啦！
救命啊！
糟了！
啊，我的湯匙
在這裏！
不要！

棉花糖一點一點變大，
大得像雲朵一樣飄上半空，
波波鼠們也跟着一起飄向空中。

波波鼠有危險了！
爆谷
怎麼辦？
天啊！

SOS!
救救溜溜鼠!

團長多多和其他動物朋友一
起扭開水喉，射向棉花糖。
水嘩啦嘩啦地濺出來，
冰冰涼涼的。

棉花糖碰到水後，
開始慢慢溶化。

嘩！天空下起了甜甜的棉花糖雨。
波波鼠們乘着雨點，安全地降落地面。
可是仍然有很多客人在等着吃棉花糖，
那該怎麼辦好呢？

這時，團長多多又想到
一個好主意。

舔！
嘻！
波波鼠美食團拿出一個個杯子，
接住甜絲絲的棉花糖雨。
我接！
呼！
好玩！
呵！
接到了！

他們還把從天空飄下來的棉花糖放在杯子上。

這杯飲品的名字就叫做**「彩雲汽水」**吧！

波波鼠美食團和久等了的客人
一起分享這些汽水。

「我要喝啦！」

這彩雲汽水嘗起來，
有一股春日的暖意。

太陽緩緩地下山了，波波鼠
美食團也是時候要回家了。
可是……
我們下次還
要再來。
還有棉花糖剩下嗎？
唉，
好累啊。
雖然有點可怕
但很好玩呢！
好啊！
今天真的
好高興！
我要把今天的
事畫下來！

等一等！
請你們等等我！

「請給我一杯
彩雲汽水！」

聽說只要來森林深處的歡樂小鎮，
就可以喝到波波鼠美食團特製的彩雲汽水。
於是，大家都來參加歡樂小鎮的慶典呢！